# 大伴家持へのレクイエム

髙橋宗司 詩集

コールサック社

# 詩集　大伴家持へのレクイエム　目次

## Ⅰ　母の言葉

## Ⅱ　大伴家持へのレクイエム

## Ⅲ　うすみどりの壺

詩集

# 大伴家持へのレクイエム

髙橋宗司

# Ⅰ　母の言葉

# 石器包丁

僕の机上で石は動かない
役割を終え棄《す》てられた石
積み重なった本の陰の石を
僕は手にし持ち上げる

長さ12センチ厚さ2センチ
幅4から6センチ
細い扇の形状を成す　斧?
裏は斜めに抉られている

深さ8ミリ幅3センチの溝
木製の把ってを蔓で縛り
だが表に親指を
裏に人差し指を当てがうとピタリ

ナイフでもない
柄無しの包丁
表は15度の傾斜で
扇の末広部は精密に削《そ》がれた刃

縄文時代と僕たちは呼ぶ
僕の暮らす関東中央部まで入江
いま奥東京湾と習う入江
なるほど貝塚が近所に在る

少年は栗を少女は貝を集め
父らは猪を狩り
母はこの包丁で肉を切り
炎のような土の器で煮炊き
その後父母たちは
稲穂の収穫を刈り取り始める

キーを打つ　刃先の
無惨に毀《こわ》れた石器を横目に
言葉を探し文字を打つ
数千年以前のことばを想い

# さびしい口

みどりごが手を含んでいる
母のしばしの不在
指を噛んでいる

口さびしく指を咥えている
口さびしさは
空腹を意味しないようだ

教室で爪を噛んでいるきみ
さびしさが執拗《しつよう》に襲う

先生は知っているの
きみから漂うさびしい空気

長い爪の白い処が傷ついて
君はさびしさを食べている
食べても食べても
減らないさびしさを

# 母のことば

その頃私は少年だった
私はダダをこね逆らった
降りてくる母のことば
〈好きにしなさい〉
怖いことばだった
見放されたくない
私は従った

私が青年だった時
私のことばに母が呟いた

〈死だなんて言わないで〉
不吉な響きを母は嫌った
私はあわてて説明する
詩の話です　母さん
ポエムのこと

壮年になった私は
家族旅行をした
袋田の滝に父母を誘って
紅葉は派手ではなかった
ただ秋の陽が射していた
〈なんてきれいなこと〉
感動詞の多い母だった

死の床に私の本を差出すと

一瞬眼が輝き
ことばのようだった

# 父のことば

小学校最後の夏休みが終わろうとしていた
ぼくは何を仕出かしたのだったか
父が大バカヤロウと言い
言い返したのだった

ボクハ生マレタクテ
生マレテキタノデハナイ
馬鹿ナボクヲ生ンダノハダレダ

キサマと父は静かに言った

キサマ　ヨクモ言ッタ　ソコニ座レ
ぼくは座らなかった
父は今度は大声で言った
明らかに激高して
土下座シロ土下座シテ謝レ

父は鬼になっていた
暫《しばら》くの沈黙
裏庭の夏草の生えた土に
半ズボンのぼくは膝をつき手をついた

スミマセン
巨大な脅迫に降伏したぼく
分カッタノカ　本当ニ分カッタノナラ
モウ一遍言ッテミロ

ふたたび暫《しば》しの沈黙の後
スミマセンデシタ

大きな樫の樹の葉群から漏れる陽光
許されたぼくは立ち上がり空を見上げた
見えるのはさわやかな風の流れだった

気付くと父は裏庭から消えていた

# 最期に

さいごの空　さいごの　さいごの花
焼き付けるさいごの草のみどり
さいごの赤まんまの花

歌いかけるカサブランカの大輪三輪に
六の花弁が雌しべを囲む雄しべを包み

日月の回転　七月の満月
偶然　木槿《むくげ》の枝上　油蟬の羽化に逢う
反らした背うす緑の羽

深更《しんこう》ようやく風生じ手術の朝が来る
不意に浮かぶ子ら　そして妻
湧きだすことば　いとしい生きものたちよ
さいごの牛乳

# 帰らないものへ

あなたの魂の色をした体は湖にすっかり染まってしまった
それ以来
炎はめらめらとこの地に燃えていた
いつかその炎が消えてしまっていたことに
あなたはお気づきでしたか
炎の去ったあと
過ぎたあなたの言葉の上に
鏡の内部の傷ついた水銀の淡い粒が
ホトホトホトホト間断のないままこぼれ続け
そうしていつかすべての

彩あるもの言葉あるものの上に
覆いかぶさる
行ってしまって帰らないあなたに

# 大事なもの

昨日いちばん大事なものを
失くした
夜が明けると昨日の街へと
急いで私は電車に乗った

昨日の街に向かう車内は
通勤客で一杯
吊革につかまり探す
私の大事なものは
昨日往きがけか還りがけに

途中で失ったかも知れない

人々は皆昨夜の夢の続き
二人ほど読書の人がいたけれど
朝からスマホに夢中
座る人々はゆったりとして
詰めればあと一人座れそう
大事なものは
その隙間辺りに落ちているか
窓外を通過する町のどこかに
在るとも想われた

街は昨日の街と違っていた
ぺんぺん草生える空き地に
ビルの足場　果敢に働く人

私は探し当てた
だがそれは失われた十年前の私に
大事だったものだ
杳《よう》として行方の知れぬ
現在の私にいちばんのもの

帰途の車両
明るい高校生群に遭遇した

# 東川《あずまがわ》

冬寒く丘陵の裾を縫う
清冽な東川は凍った
ひとりスケートシューズの輝さん
孤独な輝さんは体にハンデ

丘上の小学校から石を蹴り
蹴った数を数えて帰る
家まで続いた日はなく
民ちゃんと別れると魅力の場所

坂山《さがやま》を下り

橋上から東川へと
点の低かったテストを捨てた日
太陽にぴちゃぴちゃ光る鮒

春は川渕にざぶりとザルを入れ
跳ねる都タナゴや鮒を捕る
蜻蛉の奇怪な幼虫に
悲鳴を上げて

或る日長靴が流され
母とお礼に行ったのに
拾ってくれた
お巡りさんに慣れずじまい

帰郷すれば東川の一部は暗渠

# 愛しい山河

ドドドッと爆笑が響いた
ゴム消し　と私は言ったらしかった
消しゴムとゴム消しの区別
私にはそれが難しかった

七〇点以下のテストは消すのだった
学校と家の間に東川と山
川では水に流し山では樹下の草むらに隠した
テストが川石に引っ掛かり
ヤバイと思った朝もあったけれど

私の愛しい山河
東川は固有名詞　山は普通名詞
武蔵野では山林を山と呼ぶ
山はあの地方固有の丘陵地帯にあったので
通学の往きは上り坂　還りは下り坂
通りゃんせ

時間が消えては押し寄せる
去りゆく時と新たに生じた空間の隔たり
何時からか私に故郷なる観念が誕生した

就職し結婚　長男二男の出現
なのに故郷への固執は何故か
帰ると　丘陵宅地化

山林は姿失い普通名詞の山は消えた
ただ地形は残ったので
手拭いで目隠ししても通学路を辿れそうだ

岸辺には青々と草の繁っていた東川
一部は暗渠とさえなったけれど
固有名詞　東川は残り
普通名詞　山は消滅した

ところが生きているのだ
山も故郷も　私の内部に

# 故郷の六月

なだらかな丘陵が波打ち
そこかしこに坂道が在る
故郷は濡れた落葉樹林
櫟《くぬぎ》や楢《なら》束の間現れる山桜の構成する
林が点在した

むせ返るように暑かった
豊饒な下草が絨毯《じゅうたん》を成す
林を歩んだ
体内の生と性が織る不思議

それとも知らず戸惑った
学校ではあんなに潔かった
由里さんがクラス委員長
少年は副委員長
かけ声を出し指揮をとった
流れる噂の真相に赤面し

いつもの清流が豪雨で濁流となった東川
危険を冒しその水に触れる
火照った顔を冷やす
雨の重みが深緑の葉群にかかり
少年の髪を濡らす
バサッ
それが嫌でたまらない

# 綴り方教室で

吟じられる
一瞬の吐息　俳句
百メートル走
号砲の煙
無呼吸の運動か

詠まれる
往復のリズム　短歌
二百メートル走
叙情の水晶
いち　にぃの気合

歌われる
故郷との往還　現代詩
八百メートル走或いは
千五百メートル走
いっち　にぃの
切れ目ないリフレイン

綴られる
小説は生活
四十二・一九五キロの
旅
いち　に　さん　し
にい　にい　さん　し
果ての無い往復運動よ

# 昭和平成三代

Ⅰ

そこは武蔵国入間郷勝楽寺村と呼ばれた
民百姓は貧しいが豊かな精神生活を営んだ
倭国のちの日本国に漢字をもたらした
百済の王仁《わに》
その孫王辰爾《おうしんに》一族がこの地に寺を建立した
王辰爾山佛蔵院勝楽寺
祖父と父はその村の出身だった
われわれ兄弟を生み出した父母は
山一つ谷一つ離れた土地に互いを知らず育った

母の生家の墓は海抜百メートルの丘の頂きに在り
東に所沢市街の高層ビル
西北に入間市の町並みが
手に取るように見渡せた丘陵では山桜と思われる白い塊が
あちらこちらに散見された
陽が眩く感じられる麗しさであった
〔私は何故かここに立ち尽くす〕

Ⅱ

丘の南は一旦急峻な崖として下り落ち
小さな入り組んだ盆地を構成していた
W大学の所沢校舎が展開し若者が往来
やがて地形は小さな平野に飽き再び隆起
母の生家の墓を遙かに越え　祖父の地に届く
昭和の初め都民の水瓶として勝楽寺村は湖底となる

祖父と父は一族郎党を連れ　同じ所沢市内大字北野に移住した
祖父は人を使って自営農を営む一方
雛人形作りの職人でもあった
眉を描かせれば一流との噂が残る
〈兄よ少し早くないか〉

Ⅲ

その後父は母と出逢い結婚した
前年暮れに国はパールハーバーを攻撃　既に派手な婚の式を挙げることが
許されない時代を迎えていた　それでも広い座敷と奥の間を仕切る
ふすまをぶち抜き酒宴となった　父はその頃から歌っただろうか　酔いに任せ
新相馬盆歌や佐渡おけさを朗々と歌い上げただろうか
私も歌うのが好きなので
その姿を想像すると微笑ましくなる
昭和二十年八月父は弟を失った

フィリピン・マニラ南東部モンタルバン山岳地帯
ついに銃弾を浴びた二六歳の青年は臓物を引き摺り
二人だけの皇軍基地アジトに帰るも苦悶の末永遠の眠り
手向けられた紫のジャングルの野の花
「敵」は民族の独立を戦う戦線
その頃本国で日本語と思えぬ奇妙な声音で
詔勅なる言葉を朗読する者がいたことを彼は知らずに逝った

Ⅳ

哀しみ怒り憎しみ愛そうして誰もが
この世界を立ち去っていくのか
父が天寿を全うして逝き
十七年後兄がいなくなってしまった
私の事情で第二の故郷となった北総の野田市と故郷武蔵野の所沢市
屈託の存在した　時と空の間を渾身のスピードで往来

野田市の清水公園にも大木の山桜が生えている
狭山丘陵に散らばる山桜と清水公園の大樹の対照
その相似と異同　遍く存在する者に祈る
頑《かたく》なな固有の姿勢に対する哀しみの感情
〔一時間後妻子や兄弟姉妹と兄を納棺する〕
足元には草履　手には杖
昭和　戦後生まれの企業戦士
心も体も疲れ果てていた者に　永遠の休息を与え給え
永遠の安らぎを与え給え
春の風が優しい〔そろそろ行かねばならぬ〕

# Ⅱ　大伴家持へのレクイエム

# 花々の中で

兄の死を境に時間がいつもより早く進むようだった
信じられぬ思いは　死後の時間が積もる程　深まってくる
激情と理性
事態を拒否せんとする思いと受容せんという意識
私に私がつかめない

おおかたの桜は死と通夜と告別式のさなかに終わっていった
今夕時間を縫い八重桜を観に住む街の市役所に出かけた
いかにも重たげな満開の花が頭に肩に降ってきた
柵に沿う十数本の八重桜の下をゆっくりと歩いた

憶い出した　生家では茶碗桜と呼んでいたけれど
この八重桜が庭の隅に在ってうつくしかった
いやその美を幼少の私が理解していたとは思えない
祖母がその木を大事にしていることだけは知っていた

祖母といえば　兄の通夜で笑った話がある
兄は長男で　大事にされたのだということを隠さなかった
そして祖母から　特別に飴を貰ったものだと語っていたけれど
実は妹も祖母から飴を貰ったというのだった

五月を思わせるさわやかな空気の流れ　風が私に優しかった
花は　しかし
桜だけではない
市役所の一角には数本の白とピンクのきれいな花が咲いている

花水木のうすべにいろや白の美の部分は
花弁ではなく萼《がく》なのだと
あたかもそれを以て花水木の価値を貶《おとし》めようという気配がある
また　花水木はアメリカ産だと言って

そんなことが思い浮かぶと私はいい年をしてまた哀しくなった
ふたたび兄との時間　その記憶が始まってしまう
しかし唐突に無関係なことを心中で叫んでいる
日本でがんばっている花水木よ　いいぞ

花だけではない
欅若葉の食べたいくらいのきれいな瑞々しさ　そして
誰しも人間が持っているうつくしい部分よ
そんなことを考えさせる夕刻である

# 大伴家持へのレクイエム

うらうらに照れる春日《はるひ》にひばりあがり情悲《こころかな》しもひとりしおもへば
（万葉集巻十九　四二九二　大伴家持　天平勝宝五（七五三）年二月二十五日作）

家持のこころは千二百年後の人のこころを読みとっているようだ

をのこだからでない
をみなだからでない
ヒトだから
上空にさえずる雲雀と世界が悲しい

雲雀はたぶん必死である

けれどあかるい
東国の朝ぼらけ利根川の土手でぼくは空に夢中
雲雀がどんどん上っていく

雲雀はさえずり楽しげに何を見下ろすのだろうか
育児か生殖のためか
その明るさに世界を睥睨《へいげい》する傲慢はないのだが
上る雲雀　てのひらの大きさだった体長がいつか点になっている

一体何を一体なぜとぼくは思うのだ
天の点となった雲雀をひとこと書きたく手帳に眼を落とす
失敗！点を見喪った
ぼくの雲雀は何処だ

四十メータ　七十メータ　百メータ？

天を移動する点
目をそらした瞬間見喪われた雲雀
さっきまで聞こえた鳴き声もない

ぼくの視野から消えた雲雀
一時はヘリコプターのごとく飛び賑やかだった雲雀
鳥が一気に上空から飛び降り自殺を企てはすまい
イカルスのように世界の何処までも上ろうとしたか

雲雀の生態が分からぬ
けれどそれは千三百年近く以前も繰り広げられたのだった
悲しむ詩人がいた　家持の身の上に起きた数々の事件
家持が喪ったもの　とりわけ人びと

ぼくはこの安定した快晴の空のした四月五月

兄と学友を喪った
哀しいのに空が澄んでいる　花々がきれいだ
木々がうすみどりに整列する季節
うつくしい秩序の中で家持のようになぜ哀しむのか

# イエロー

春の花々はイエローから始まる
連ぎょうは例えばかの朝鮮に春の到来を告げる花ケナリである
いまわたしの佇つ対岸清水公園の一角をケナリの花が
占めイエローの塀を構成している
丘陵をなす清水公園は海面から浮き上がる孤島のようだ
塀に向かい合う座生川《ざおうがわ》の　なだらかな岸辺をイエロー一色菜の花が覆っている
江戸川への合流をめざし緩やかに行く座生川

ハザードランプを点滅させ
わたしは車外に降り立つ

花冷えの外気に襲われ高速道路に似たバイパス道路に佇っている
南に朝靄が湧き上がる座生沼
更に南岩名地区の断崖には六世紀造営の古墳が宿されている
断崖に開く一重の山吹の群落はイエローの群落
或る時はそこへイエローの蝶がふらりと現れる
こうして北から南へわたしの視野にある三百メートルほど
四重五重の層を成す風景が展開する　わたしはそのまん中にいる

背後から七、八人の群れがバイパスの歩道をやってくる
先程からぱらつき始めた大粒の春雨をイエローの傘でさえぎり
イエローのハットを載せてやってくる
オハヨウ
自然の風景の中で言葉は日本語であるにも拘わらずカタカナ表記になる
ゆえ在って早朝の家出を敢行したわたし　音韻を伴う言葉への飢餓と憧憬
小学生に声を掛けた私の弁明だ

子供らはわたしが怪しい人間と気付かない　いやわたしは怪しい人間ではない
グループの先頭は抜きんでたその背丈から　子供らの親か先生かと錯覚させた
オハヨウ　授業ハ今日カラ？
口々に　ソウデス　ソウデス　ソウデス　ソウ
朝が来ればこのように　どこの国いかなる民族の子供らも学校へと歩むだろうか

近くでは　ケナリの朝鮮半島の子供らはどうか
白や紫のムグンファ（無窮花・木槿・むくげ）は南の国花
菜の花のイムジン川
北の国花は彩取り取りのつつじ・チンダルレ
かつて日本帝国主義が　三十六年間　植民地支配を断行した朝鮮半島
学生時代のラジカルな思想・性急な思想と行動の感覚がよみがえる
日本語と朝鮮語　わたしたちの祖が奪った言語
そして朝鮮の人々が奪われた母語　老若男女が使用させられた日本語
太平洋戦争突入前後子供らのカリキュラムから朝鮮語は減少し

遂には「国語」＝日本語のみへと転じていったのではなかったか
わたしたちのことばを自虐的だと言う者たちの攻撃に対し
自虐が悪だとする説の根拠を問え

南へと視線が移動し　わたしがたまたま生を受けた日本を考える
日本の一典型的風景である座生沼　水底からにょきと生える樹木に営巣の鷺
黒と白と中には薄イエローの数十羽の鷺　あいの子と想像される鷺
ケッケ・ギャッギャア・ホッホと　生殖し　育児するさまが遠望される
餌食を探すべく沼すれすれの飛翔から精巧な羽に依る空への進入
思考が自然の風景の感動から諸々の感情や認識に転化する
平家物語冒頭をリズミカルな思想が飾る
諸行無常　盛者必衰　春の夜の夢　ひとえに風の前の塵
儚れるわたしもやがて還るであろう　家出の短い旅から　妻子のところへと

さて　そのような情緒の中で

わたしは自分の言葉が子守唄からも生まれてくるのを自覚する
例えば五木の子守唄　歌われる貧しさが何処から来るのか
アン人タチャ良カシ　良カ衆　良カ帯　良カ着モン
あどけなさを残す子守の娘が何時までも　憧れなければならないのは何故か
華麗な桜でなく　高嶺の百合でもない　花はツンツン椿
椿であることが物語る　不特定多数作者は無名の貧しい民　草莽《そうもう》の民か
その人たちの詩がさらに脳裏を去来する
オイドンガ　ウッ死ンダチュウテ　誰ガ泣イチョクリョカ　裏ノ松山　蟬ガ啼ク
一体　これは何か
富裕と貧富の差の拡大　深化
一割の子供に学校の昼の給食がその日の最大の栄養源だと言われている
この物語は昨日のことか
高校に給食は無いけれど　一割の青年の昼食はどうなっているのか　心配だ
これは前述の仏教思想だけでは解決しないであろう

時刻は七時半を廻っている　清水公園の右手を太陽が上昇し続ける
逆光に朧と化した百選の桜群
眩しくからだを裏返すと岩名地区の崖上に残んのこぶしの花が輝いている
バイパスに車を止めておよそ一時間半が経過した
東の橋梁に眼を遣れば先程の集団がいくつかのグループに分かれ
それぞれがわたしとの距離を広げてゆく
ガンバレヨ　ガンバッテ　授業ニ取リ組ミ　元気ニ昼食ヲ食ベテオ出デ
家出少年ならぬ家出現役リタイヤー者が何を言うか
菜の花の下にこれもイエローのたんぽぽを発見する
強くなった雨脚に耐えられず車に戻る
還ろう　やはり
アクセルを踏み込む
信号がイエローに転じようとしているけれど

# 春はあけぼの

## —草の眠り—

夜の厨房が泥酔から私を救出する
厨房卓上小さな黒の花瓶に挿され
草が眠っている
安らかな深い睡り

昨日昼間私は山桜の樹下にいた
花見酒の傍らで草は直径一　粍《ミリメートル》　うす紫の五弁
の
花を開いていた　私がその地の花を
愛するとそこにも桜花は落下した

私たちはにんげんについて話していた
人間の愛と憎しみ
よろこびと哀しみを語っては呑み込んだ
時間は終末に向かいながれていた

恋を恋した私たち　雨の橋を渡り
指を触れると　遊園地の東の空に虹が出た
女のつめたい丸み　けれど
いや　そして喪失による愛の重さの発見

思えば憎しみの対象は自らだった
他人への嫉妬が確かに内在した
他者への憎しみはなかったと言い得るか
青春終息観世音の微笑によるこれからの救い

夜になれば草はいつも眠っていた
恋愛と後の子育ての生活　愛情の送受信の間
春に咲く草　秋に咲く草　昼の陽光を吸い
花となって雄しべ雌しべの愛を蝶が媒介した

にんげんの愛や喜びは難しかった
よろこび！何よりもかなしみに似ている
なぜと自問してみても涙がどちらにも付随
相似を証明するばかりであった

川流れけり　時流れけり
酔眼で包丁を探し　危うく自分の指を葱と
誤解しそうになりながら　葱を刻む
チュンと雀の啼く声　朝がなぜ嬉しいのか

酔った舌が三たびの味噌汁を美味と感じる
時間が洪水のように押し寄せては　二度と戻らず
新しい時間がやってくるばかりだ
暁の月が名残惜しそうに輝きを増し　光る

草はなお眠りつづける
草のように妻が隣の部屋で眠っている
次第に醒めてくる　突然苦役の夢を憶い出す
夢はいつも現実を強調して現れたのだったが

日の出と共に開く草の花
そして実は兄の死が近づいている
光りの届いた朝の厨房で
味噌汁の椀を抱え　立ち尽くしている

# 桜

受験を終えた春　旧い家の縁側に腰を掛け
前山にぽっぽっと自生する
白い花の塊を家族と眺めていた
武蔵野の輝きの真昼

いま異郷の時間は故郷の二倍に達する

近隣に咲く樹齢百年の桜
枝を縦横に広げ碧空に伸ばしている
花がぴちゃぴちゃ喋り出すので

手を繋ぎ僕らも語る

公園に隣接の古刹
墓域の一隅に歴代の高僧が葬られ
山桜の老木が聳え立つ
伸びた枝で道はトンネル
花と一緒に艶帯びたブラウンの葉
ああ山桜はいいね

みな居なくなり　順番のように去った兄
無常を語った故郷の僧
式場の外　現出した妖美な桜

# 小さな花
## ――ヒメオウギ

茎と葉は深いみどりで存在感に満ちている
細長い葉は五㎝ほど　茎の直径が二㎜ほどで
長さは六㎝だ
頂点にきりりと女王のような花が開いている
ピンクと言うか　うすくれないと言うか
六弁の花びら
うすくれないの花びらの付け根に染みのよう
ぽつんと濃い赤
咲いているのは玄関わきの狭い土の上だ

新型コロナウイルス感染症の長期にわたる未解決下
ぼくも神経質に震えている

〈図太く行こうぜ
　また会える日まで〉

友人に宛て書きながら募る不安
玄関の扉を開け確かめに行く
花は一瞬揺れ静止する
五月の風だ
夕ぐれが近づいている
花が閉じる準備を始めている

# カンナ

写真一杯に大きな葉っぱ
緑の葉っぱのカンナ
そんなカンナの花は黄いろ
花の色は葉っぱのみどり似

紅い葉っぱのカンナには
朱い大きな花が咲き
花色は
葉のくれないそのもの

こんなカンナ
背に真っ白い
シャツ姿で立つ三人の青年
一人だけ　にっこりとして
写っている

その昔「くんなあい」と
ぼくら駄菓子屋に行ったね
くんないは「呉れない？」
否定文ではなく疑問文

小父チャン
飴ヲ売ッテ呉レマセンカ
誰かさんくんない
二人を戻して呉れませんか

あんなカンナが咲いていた
アンナ・カレーニナが愛したように
どんなにか愛した
二人だったのだけれど

# 水鶏の恋

ふり続く雨粒が
紫陽花に光るとき
ぼくは好きになった鳥の声に耳を傾ける

キョクキョ・キョキョッ

鳥はいつもこの時期の早朝に鳴く
キャクキョとも聞こえ
調べはカ行高声で一貫する

それは水鶏《クイナ》という水辺に棲む鳥
この町の高校の校歌に登場していたな

水鶏はめったに人前に姿を現さない
湿地に生える灌木辺りを歩み飛ばない

キョクキョ・キャクキョ

恋の歌
雄が懸命に雌を説く歌だ
早朝机に向かって
僕のこころはなぜか落ち着かない

# 冬瓜《とうがん》

こんなにも碧い空はない
台風一過
北東に青筑波　北に日光連山　南西に富士の
うすい水色
これはしかし酷たらしい美だ

眼下に広がる地獄似の図絵
草原と樹木の走っていた河川敷に渦巻く濁流
強靱な土手まで迫り
寝具や冷蔵庫　建物と命を呑み込んだ濁流

無性に欲しくなった
理由もなく
西瓜とかメロンとか瓜の類
夢アグリなる農家直送の市場に駆け込んだ

冬瓜というものがあり
それしかなかった
濃緑の硬く響く表面
ラグビー・ボール
冬瓜を少しは知っていた

刃を当てると瑞々しさが匂った
青臭い
その冬瓜に椎茸とレタスの葉っぱ胡椒少し

醤油少し加えた
基本塩味のスープ

スープを飲み
テレビを付けた
亡くなられた人々が
先刻よりも増え
増え続けている

# 山茶花

散り散りに散るために
早くも山茶花が咲いたよ

ひな屋の信ちゃんち
山羊を飼った
庭隅の山茶花の樹
下は池で鯉が棲み生臭い
三歳半の信ちゃんの父さんは雛職人
乳を入れた四合瓶を背中にくくり付け
送り出す

西に七軒離れた喘息持ちの小父さんち
どの屋敷も市道と屋敷は
北に向かう私道で繋がり似ている
そこでいつも立ち止まり
歩いては振り返る
小父さんちの隣の家に入ってしまう
そこのお婆さんが歌を希望する

信ちゃんは
父さんの弟のことを歌う
土産を抱え帰る制服の叔父
　オラガ予備隊ハイイ予備隊
飴買ッテクレルイイ予備隊

いつもと同じように
今年も山茶花が咲いてるよ
散り散りに散るために

# とわの雪の末に

雪は空に舞い
雪は武蔵野の枝枝をすり抜け舞い着地する
一面に白の丘陵をなし豊かな糧となる

だが北総の森林は密集した針葉樹が地を守る
雪をその雪片を木木が引き受ける
灰の色の上空に舞い
雪は針の葉に冬に繁る梢に積み重なる

バカ　バカ　ワガママナ人

厚めの幸の唇が微動する
痙攣《けいれん》し幸が平手で打つ　いいち
修羅を憐れみ小太りの腕がしなやかに回転
小さな白い掌が舞う
（悪かった　ここまで）
煙草の樹脂が匂い酒の匂いが散る
睨《にら》み返す修羅に似た形相
（言う通りのわがまま）
さあん

はるか水源の彼方へ連打は去り行く
行けば　一つの床に睦まじい兄と弟
頬寄せる幼い者らの眠り深まる光景
眉月にみなぎる神経中枢が指令する

違和トカヲ何トカシテ　ココガコドモ達ノ
生マレタ土地
時ト空トノ間ガ隔テル違和感デスッテ？
アナタノ武蔵野モイイ　デモ野田ダッテ良
クハナイ？私ハココデ育ッタノ　私ハ野田
モ好キ

時は行き沈黙のふたりに灰色の疲労が積もる
冬の夜の果つる時は在るか
横殴りの上空の寒に体をかがめ病む幹が耐え
ている
白を背負う沈黙の修羅となりその手となって

しかしやがて宙に手を伸べ泳ぐ梢に
溶け行く北総の幸

あらかじめ液となり地に届く
ああ現れた幽かな冬の光の暖かさ

一方冬には明るく透ける落葉樹林の武蔵野
一帯の林一面の白色が薄れる
肥沃な黒の地べたが斑に現れ濡れる
靄が起ち　あたたかに湧き上がる
地に平行の上空を緩やかに移ろい流れる

ひと秋に折り重なった二重三重の　八重の
落葉を潜り抜ける　雫になり沁み込む
地を潤す雪の溶液

　オトウサン　神様ガイツ言ッタノ　オ母サ
ン　結婚式ノトキ神様ガ言ッタンデスカ

喧嘩シナッテ　イヤダヨ　モウヤメテ

雪　天の恵の水　或いは天の断罪の水か
仰ぐ
空に合掌　空に祈る

# Ⅲ　うすみどりの壺

# うすみどりの壺

うすい緑色が壺の色彩の基調である
両端に底と口を持つ径二十四糎《センチ》の球体
それはどこかの星のようである
回転させてみる　或いはわたしが回転する
球体であるから始めと終わりが有るわけではない

けれどうすいみどりの中でもことにうすい面がある
ここに物語は始まっているようだ
ほとんど白色に近いそこから視線をうごかして行こう
わたしは落ち着いて来ている

先程までの得たいの知れぬ怒りや悲哀の感情はもはや過去のもの

緑がかかった白の球面に小さな隆起が浮かぶ
白や濃緑の瘤のような突起は眼に一種の苛立ちを与えるが
触ってみれば砂漠の砂
王子王女を乗せ駱駝が緩やかなリズムで去って行く
そのような光景を想起するわたしは穏やかな顔であるに違いない
砂漠は白色からうす緑へと変色しつつ
果て無く広がっている

さて径八糎の壺の口には
際限の無い暗い空洞が潜んでいる
口と　口に至る首の辺りは　青みの掛かる乳白色である
乳白色はさらに肩の上部まで及んでいる
淡いエロティシズム　それへの憧憬と希求

とつぜん駱駝が消える
夢のような存在である駱駝は文字通り夢であったから当然のことだけれど

次に現れたのは激しい感情だった
うすみどりの球体はいつしか
激しく焼けただれたような焦げ茶色を曝していたのだ
人間の肩から腕　上半身に相当する部分

ささやかな球状を成すところの縦七糎　横四糎
これはいったい何か
ヒロシマ
広島で見た　石の階段に消えない人体の影
さざ波のように押し寄せる怒りと悲哀

わたしたちの星が自転する
この壺に似た星も自転しているだろうか
終わりの無い壺の球面はまた元の静かなうすみどりに戻っている

壺がわたしのこころを揺さぶるのか
わたしがいたずらに演ずる自己の劇か
耳を澄ませば壺のささやきが聞こえてくる
私は不変の壺であり無生物であり　と
喜怒哀楽に生きるあなたがた人間の
対象であるにすぎない　と

# 影

太陽は豪放　照りに照った
そこの郵便局まで歩くと
二の腕が焼けた
ほの赤い影に見える

炎昼は冷房の部屋にこもった
隅の方でパソコンに向かう
猫背の姿は水底に潜む平和な亀

夕方になると焼酎を氷で割った

氷は間もなく小さくなり
影ほどになり

コロナ禍の夏　だが今年も傷は語られた
語られるべく
昭和二十年三月　六月
八月六日　九日　十五日
階段に遺ったひとの影
一方他国に遺した傷痕

光と影
机上の細い蛍光灯が壁に猫背の影を
異常に大きく映している

# 手

爪を切る
正座してこたつに向かい
爪を切っている
切った爪が散乱せぬように
新聞を広げている
どんよりと曇った空から
春雨が落ちはじめる

先ず右手で左手の爪を切る
手際よくさっさと始める

右手は自信に満ち乱暴だ
年を重ね節の付いた親指の
爪は分厚い
しかし右手は難なく親指の
爪を切り落とす
爪切りを駆使して爪を切る
右手のリズミカルな動作
そこに傲慢が生じる
親指　人差し指　中指

鼻歌など歌わねば良かった
自信過剰が生む狂信的結果
いきなり痛み　薬指の深爪
痛みは傷の痛みを超えて
存在そのものの奥底から来る

右手は怖れを知り
左手の小指の爪を少し切る

右手の爪は不器用な左手が
切らねばならない
左手はいつも慎重
危険を知っているから
左手は神経質　そして
優しく繊細
形状はまずいが大過なく切られた
右手の五本の指の爪
薄緑の木の芽に
雨が降り注いでいる

# 顔

或る早春の午前
句碑巡りというものをした
一行は男女込みで十二人
大きな成果を得て終了し昼食をとなった

責任者の私は数を数えた
十一人
テーブルに向き合って並ぶ一行の
顔を再度数える
顔はやはり十一だけ

私は責任を感じた
内心句碑を探し歩いた神社に
とって返さねばと考えた

十二は多い数字である
前を見　左右を見
数え直す
私は焦り
念のため名簿を取り出した
苦笑が私の顔に表れたはず

数え忘れていた
私を
自分の顔は見えない
いや　ぼんやりとだが

顔の
鼻筋が見えるではないか

# 飛来

私の町とは川を挟んだ
隣の町の菅生沼《すがおぬま》に白鳥が飛来する
湖とどこが違うのだろう
沼は大きく木の橋が架かっている
冬の間
白鳥たちはその沼で力を蓄えるのだ

或る初冬の夜
私は和室の炬燵《こたつ》で本を読んでいた
電気炬燵がごろごろと音を立てていた

欠陥商品ではない
私は耳が良過ぎるのだろう
夜長の炬燵は部屋を暖める
哀れ蚊がぶうんと飛来した

哀れ蚊は秋の蚊の別称
若き太宰治・津島修治の
小説「哀れ蚊」は淋しい老女の物語である
しかし晩秋を越え初冬も
哀れ蚊は存在し飛来する
その蚊はなかなかに果敢で
私の首の後部を刺した

私は或る女性の鶴のような首を思った
私の蚊は哀れ蚊と言えぬスピードで消え

忘れた頃にまた飛来する
リピートということ
リフレインということ
菅生沼に白鳥が今年も飛来する

# 令和

花の続く日発表された文字
外国の報道はその文字の解
釈を変えていった
オーダーからビューティと

当の日本では「命令」なる
単語でよく知られていた
イメージの大いなる力
マイナスイメージもあった

だが「令嬢」という語彙も
五月みどり濃くなった沿道
町中に令嬢があふれる

令和が走り出した
新緑の風私は静かに見守る
平和　幸福　象徴

# 八月

永かった梅雨が明けると八月だった
早朝　新聞を取りに玄関を開けた
甘い水のような朝の冷気が流れ込む
蟬が一斉に鳴き始めている
百日紅が花を一杯に広げ始めた

梅雨の前もさなかも新型コロナウイルスと
対峙した人類だった
得体の知れぬウイルスへの怖れ
マスクし「ソーシャルディスタンス」

「新生活」の開始だ
私は生きたい

ワクチンの早期誕生に期待している
それまで頑張ろう
この思いは世界の大方の人と共通するの
ではないか

ところでこの危機は
人間自らがもたらしたもののようだ
人類の歴史
ことにホモサピエンスの十万年
いやここ五千年程の自然開発の歴史
運命とは言え
飽くなき自然への働きかけは破壊だった

ウイルスとの闘いとは
ウイルスの復讐への闘いではないのか
続けなければならぬ闘いではある
だが人類の過去への省察を加えながら
なすべき防御の闘いであろう
自分に言い聞かせるように私は呟いた
百日紅《さるすべり》の花のどっしりとした図体が
微妙に揺れている

# 或る鴉

普通の鴉は
カアカアと鳴く
或いはカアカアカアと
連続するＫ音で響く
音の色調は様々だけれど

ところがその一羽の鴉は
カアとだけ鳴くのだった
カアと一声鳴き
しばらく黙ってしまう

数分のちに再びカアと鳴く

空のどこかで一声鳴く鴉
その存在を私が知っている
私は先刻　眼科手術の入院先から
帰ってきた
老いを知らされ帰宅で安堵
すると鴉が鳴いた

玄関を出る　上空を探す
カア
だが一向に見当たらない
たぶん孤独な鴉
電線が怪しい
居ない　道路を隔てたマンションを見上げる

居ない
数分置きの鳴き声もやんだ

あの鴉に気付いてほぼ一年
今は群れの中に潜む幸を
つかめたか
しかしそもそも私は
何故あの鴉が気になるのか

十月の半ばというのに
十一月末の冷え込み
夕暮れが近づいた
鴉が殊に鳴く時刻である

# 悲しい鬼

〈かくれんぼ〉
数え終ると鬼は
眼を閉じたまま
先刻まで仲間だった者らに
　もういいかい
　まあだだよ
やがて　もういいよ
孤独と不安が始まる時だ
急に視界の広がった鬼
母屋の裏に蔵の陰に欅の大
木の根元に　ひとの気配

だが一向に姿はない
蟬が盛んに啼いている
〈缶蹴り〉
鬼から脱出するために
鬼の証明の缶を管理する
缶を敵に蹴られたら
拾いに行かねばならぬ
そうすれば永遠の悲しい鬼
鬼は缶をわがものにしつつ
蹴ろうと狙っている敵との
距離を縮める
　見っけ
それを告げ　急ぎ缶を踏む
解放感と虚脱感
新たな鬼が誕生する

# さみだれの夜の指

蚊が私の指を刺し　消えた
さみだれの音のする夜
私はキーを叩いている
左手の人差し指と薬指の二箇所を
手の平から分かれて伸びる指の根元を
蚊は刺し二度と現れない
きっとどこか暗がりで
私の血の味を確かめ私を見ているに違いない

さてどの指も三つの関節を持っている

関節の存在が私に可能性を与えている
手は　指は
結んだり開いたりすることができる
労働を可能にする
大工もキーパンチャーも
指の関節無くしてどうして仕事ができようか
セーターの手編みにおける器用な指

指はことば
一本に三つの関節　それが手話を可能にする
三掛ける十は三十
三十の指の関節が成せる力業と
繊細なことばを紡ぐ指業
蚊に刺された指は瞬間痛みを伴った
痛みは彼方に去り　やがて痒《かゆ》みが走りきて

指の局所の膨れを発見する

ところで幼児の私は「血がが」出たと泣いた
「血が出た」と幼児は訴えられない
日本語の単語の基本は二音から成るのでは
私は昔、蚊がが刺したと言ったのではないか
指の痒みと明瞭な膨らみの跡が緩んできた
明瞭だった山脈のような膨らみが
だらしなく崩れてきた
いつか　さみだれの音がやみ窓に曙光を感じ

だが油断は禁物
ふたたび蚊が食欲に目覚める時間だ
水鶏が女の水鶏をきょっきゅ・きょっと呼ぶ
さあ朝食作りに取り掛かろう

## 解説　多様な経験を宿す鎮魂詩を書き記す人

### 髙橋宗司詩集『大伴家持へのレクイエム』に寄せて

鈴木比佐雄

1

髙橋宗司氏は、千葉県の県立高校で国語教員となり長年にわたり文学教育に取り組まれてきた。二〇一一年十月には詩、俳句、エッセイ、小説などをまとめた作品集『鮒の棲む家』を刊行している。埼玉県所沢市に生まれ育ったが、教員になってからは千葉県野田市に移り住み、退職後の現在も暮らしている。地元の「野田文学」の会員でもある髙橋氏は、同じ会員の鈴木文子氏の詩集『海は忘れていない』を読み感銘を受け、自らも詩集をまとめようと決意された。また私の詩論集『詩の降り注ぐ場所』も読んでくれていたとのことで、コールサック社の文学運動にも共感を抱いてくれていた。髙橋氏は詩作について、自らのテーマを表現しうる際に最も重要な表現方法だと原稿の打ち合わせの際に話されていた。

本詩集は三つの章に分かれて、三十三篇が収録されている。髙橋氏の詩の特徴は、言葉とは何かという問いを絶えず発しながら、亡くなった他者の言葉、様々な仕草、残された事物、その時の情況などを通してその意味を深く反復し続けていることだ。つまり他者の言葉や言葉と感じられる多様な事柄を問い返すことで、他者の存在を偲び自らの血肉になった感謝の思いを詩に刻もうと試みている。その意味で髙橋氏は他者との関係性の中で成立する鎮魂詩の領域を豊かにしようと試みているのだろう。また鎮魂の思いによって自己の今ここを掛け替えのない時空間として生かされている思いや、さらに自他の多様な経験の中で大切な真実を後世の若者たちに伝えたいと願っているのだろう。

Ⅰ章「母の言葉」は十二篇からなっていて、髙橋氏の言葉に関する感じ方や考え方を明示している詩篇群だ。冒頭の詩「石器包丁」の前半部分を引用してみる。

《僕の机上で石は動かない／役割を終え棄《す》てられた石／積み重なった本の陰の石を／僕は手にし持ち上げる／／長さ12センチ厚さ2センチ／幅4から6センチ／細い扇の形状を成す　斧？／裏は斜めに抉られている／／深さ8ミリ幅3センチの溝／木製の把ってを蔓で縛り／だが表に親指を／裏に人差し指を当てがうとピタリ／／ナイフでもない／柄無しの包丁／表は15度の傾斜で／扇の末広部は精密

に削《そ》がれた刃》

高橋氏は、机上の石を手に取り眺めて思いを馳せている。考古学で縄文時代晩期とも重なる弥生時代草創期に稲穂を刈り取ったと言われている「石包丁」かも知れない。そんな古代の暮らしに使用された「役割を終え棄てられた石」を丹念に観察して人が加工して包丁に仕上げていく様を描写し始める。後半部で次のように想像し始めていく。

《縄文時代と僕たちは呼ぶ／僕の暮らす関東中央部まで入江／いま奥東京湾と習う入江／なるほど貝塚が近所に在る／／少年は栗を少女は貝を集め／父らは猪を狩り／母はこの包丁で肉を切り／炎のような土の器で煮炊き／その後父母たちは／稲穂の収穫を刈り取り始める／／キーを打つ　刃先の／無惨に毀《こわ》れた石器を横目に／言葉を探し文字を打つ／数千年以前のことばを想い》

高橋氏は、机上の石器にその体温を感じながら、狩猟・採集時代が続いているが、新しい稲作時代も到来し、それらの二つの時代が共存していた頃の家族の暮らしに思いを馳せている。その「数千年以前のことばを想い」出して記すことが、高橋氏の詩的言語の試みなのだろう。数千年前の暮らしから現在の自分の暮らしを照らし出し、これからの暮らしにとって何が本来的かを問うているように思われる。
次の詩「さびしい口」では、嬰児や高校生を通して人間の存在の寂しさを暗示している。
《みどりごが手を含んでいる／母のしばしの不在／指を嚙んでいる／／口さびしく指を咥えている／口さびしさは／空腹を意味しないようだ／／教室で爪を嚙んでいるきみ／さびしさが執拗《しつよう》に襲う／先生は知っているの／きみから漂うさびしい空気／／長い爪の白い処が傷ついて／君はさびしさを食べている／食べても食べても／減らないさびしさを》
みどりごが指を吸い嚙んだりすることは、お腹がすくと言うよりも心のどこかが淋しさを感じて、それを紛らわせるために行っているのだと直観しているのだろう。それは高校生でも同じことで、「長い爪の白い処が傷ついて」いることでその淋しさが了解されると言う。「君はさびしさを食べている」ということは、人間存在において重要な指摘である。そんな「さびしい口」を高橋氏は人間のあり方を指し示す重要な言葉として記している。「さびしい口」が指を吸い嚙みながら、心の奥底の淋しさを癒す何かを送っているのだと語っているようだ。

## 2

三番目の詩「母のことば」は、亡くなった母から言われた言葉の意味を、真実を暗示する豊かなものとして回想する。愛する母を想起するとは、「母のことば」と対話することによって生き生きと母を甦えらせることなのだろう。例えば「〈好きにしなさい〉／怖いことばだった」、「〈死だなんて言わないで〉／不吉な響きを母は嫌った」、「〈なんてきれいなこと〉／感動詞の多い母だった」、「死の床に私の本を差出すと／一瞬目が輝き／ことばのようだった」などは、子である髙橋氏にその瞬間に最も必要である真摯な言葉を伝えてくれている。「母のことば」とは、子という存在への戒めの言葉であり、生きる励ましの言葉であると告げている。

四番目の詩「父のことば」は、父の逆鱗に触れて、激しく叱られた言葉だ。その前半部分を引用する。

《小学校最後の夏休みが終わろうとしていた／ぼくは何を仕出かしたのだったか

／父が大バカヤロウと言い／言い返したのだった／／ボクハ生マレタクテ／生マレテキタノデハナイ／馬鹿ナボクヲ生ンダノハダレダ／／キサマと父は静かに言った／キサマ　ヨクモ言ッタ　ソコニ座レ／ぼくは座らなかった／父は今度は大声で言った／明らかに激高して／土下座シロ土下座シテ謝レ》

この世で親には言ってはいけない言葉があるとしたら「ボクハ生マレタクテ生マレテキタノデハナイ」という言葉もその一つだろう。それを言われ傷ついた父は、苦労して育ててきた結果このような暴言を言われて激情してしまった。その結果として「土下座シロ土下座シテ謝レ」という修羅場になってしまい、それでも父は手を挙げない代わりに土下座して謝罪することを命令した。

《父は鬼になっていた／暫《しばら》くの沈黙／裏庭の夏草の生えた土に／半ズボンのぼくは膝をつき手をついた／／スミマセン／巨大な脅迫に降伏したぼく／分カッタノカ　本当ニ分カッタノナラ／モウ一遍言ッテミロ／ふたたび暫《しば》しの沈黙の後／スミマセンデシタ／／大きな樫の樹の葉群から漏れる陽光／許されたぼくは立ち上がり空を見上げた／見えるのはさわやかな風の流れだった／／気付くと父は裏庭から消えていた》

父を鬼にしてしまったのは子のささいな言葉であったが、その言葉が土下座という「巨大な脅迫」であり、それをしなければ存在の危機さえ感じたに違いない。生まれたことを呪うような「子のことば」は、父の子育てをしてきた愛情を根底から覆してしまった。その父が自らを立ち直らせるためには、その言葉を撤回させて謝罪させる劇薬のような呪いの言葉でもあった。髙橋氏は「スミマセン」と言い父に懺悔の言葉を繰り返した。そしてようやく「許されたぼくは立ち上がり空を見上げた／見えるのはさわやかな風の流れだった」と感じられた。言葉はこのようにその存在が築き上げてきたことを完全に否定してしまうことが可能であり、父子関係を通して言葉が関係を破壊してしまう凶器のような鬼の言葉になりうることを示している貴重な詩になっている。最後の詩行「気付くと父は裏庭から消えていた」には、子に背かれた父の存在の悲しみが伝わってくるように自戒を込めて書き記したのだろう。I章のその次の詩「大事なもの」も含めて他の二つの故郷をめぐる詩篇もまた、どこか喪失して初めて気づく「大事なもの」であり、それを暗示させる「大事な言葉」を探し求めているように思われる。

3

Ⅱ章「大伴家持へのレクイエム」十一篇は、鎮魂（レクイエム）を記した詩篇群だ。その中でも詩「大伴家持へのレクイエム」は、親しい人を亡くした喪失感で、利根川の土手に向かい、大伴家持の短歌「うらうらに照れる春日《はるひ》にひばりあがり情悲《こころかな》しもひとりしおもへば」を想起する。そして「家持のこころは千二百年後の人のこころを読みとっているようだ」と語り、「上空にさえずる雲雀と世界が悲しい」と高橋氏の胸が張り裂けそうになる。その舞い上がっていく雲雀を見上げていくと、「雲雀はたぶん必死である」とその姿に夢中になって点になるまで見続けているが、「天の点となった雲雀をひとこと書きたくて手帳に眼を落とす」と見失ってしまった。きっと亡くなった親しいものたちを重ねていたのかも知れない。最後に高橋氏は「木々がうすみどりに整列する季節／うつくしい秩序の中で家持のようになぜ哀しむのか」と、人間とは家持にならい、いつの世も亡くなった者たちを悼み、その哀しみである挽歌（レクイエム）を詠い続ける存在であると語っているのだろう。

その他の詩にも痛切で洞察力のある詩行、珍しい存在を指し示す詩行などが数多く存在する。例えば、詩「イエロー」では「富裕と貧富の差の拡大　深化／一割の子供に学校の昼の給食がその日の最大の栄養源だと言われている」。詩「春はあけぼの　―草の眠り―」では「にんげんの愛や喜びは難しかった／よろこび！何よりもかなしみに似ている」。詩「水鶏の恋」では「調べはカ行高声で一貫する／／それは水鶏《クイナ》という水辺に棲む鳥」。詩「とわの雪の末に」では「雪　天の恵の水　或いは天の断罪の水か／仰ぐ／空に合掌　空に祈る」。最後にⅢ章の詩「うすみどりの壺」を引用したい。この壺を髙橋氏は広島の原爆資料館で目撃したのかも知れない。広島での経験をこの「うすみどりの壺」の色の変容から語りかけられる言葉を書き記しているように思われる。このような広島原爆を含めた多くの死者たちに向けた、多様な経験を宿した「レクイエム」を感じ取って欲しいと願っている。

《次に現れたのは激しい感情だった／うすみどりの球体はいつしか／激しく焼けただれたような焦げ茶色を曝していたのだ／人間の肩から腕　上半身に相当する部分／／ささやかな球状を成すところの縦七糎　横四糎／これはいったい何か／ヒロシマ／広島で見た　石の階段に消えない人体の影／さざ波のように押し寄せ

る怒りと悲哀／／わたしたちの星が自転する／この壺に似た星も自転しているだ
ろうか／終わりの無い壺の球面はまた元の静かなうすみどりに戻っている》

# あとがき

私には兄弟姉妹があり、まさに居ない者が無かった。現在兄弟は先立ち私と姉妹が遺っている。さて、多忙な両親は祖父に私の面倒を見させた。

祖父は雛作りの職人で腕も悪くなかったらしい。器用で私にぶんぶん唸る凧を作ってくれたり、小学校の劇で私が浦島太郎役になったときには腰につける、あの大相撲の化粧まわしのような物を編んでくれたりした。

そして夜は一緒の布団に寝た。眠るまで物語をしてくれる。巡礼お鶴（阿波の鳴門）、曽我兄弟、落語の有名な人情噺等々。まあ、哀しい話が多かった。祖父は幼くして父母を失った天涯孤独に近い身で高橋の家に養子に入った男だった。

私が巧拙は別にして、物を書かずにいられぬ人間になったのは多分にこの祖父の存在と関わっているように振り返る。私の生に彩のように繋がる人々を思いつつこれからも書いてゆきたい。

この詩集は詩人・批評家の鈴木比佐雄氏の編集がなければ生まれなかった。
また装丁の松本菜央氏、校正の座馬寛彦氏を始めコールサック社のスタッフに
お世話になった。深く感謝申し上げる。

二〇二一年四月　葉桜のうつくしい季節に

髙橋宗司

高橋宗司（たかはし　そうじ）

1948 年、埼玉県所沢に生まれる。
1972 年、早稲田大学教育学部国語国文学科卒業。
2011 年、作品集『鮒の棲む家』刊。
1972 ～ 2012 年、千葉県県立高校国語科教諭。
2018 ～ 2021 年 3 月、現代俳句協会理事・『現代俳句』編集部員。
現在、千葉県現代俳句協会副会長。
現住所　〒 278-0043　千葉県野田市清水 527-10
E-mail　xfstp622@ybb.ne.jp

石炭袋

詩集　大伴家持へのレクイエム

2021 年 5 月 25 日初版発行
著者　高橋宗司
編集・発行者　鈴木比佐雄
発行所　株式会社 コールサック社
〒 173-0004　東京都板橋区板橋 2-63-4-209
電話 03-5944-3258　FAX 03-5944-3238
suzuki@coal-sack.com　http://www.coal-sack.com
郵便振替　00180-4-741802
印刷管理　（株）コールサック社　製作部

装丁　松本菜央

落丁本・乱丁本はお取り替えいたします。
ISBN978-4-86435-486-8　C0092　￥1600E